Sonia Sarfati

Chevalier, naufragé et crème glacée

Ill. de

la courte échelle
Les éditions de la courte échelle inc.

Les éditions de la courte échelle inc.
5243, boul. Saint-Laurent
Montréal (Québec) H2T 1S4

Conception graphique:
Derome design inc.

Révision des textes:
Andrée Laprise

Dépôt légal, 3e trimestre 1999
Bibliothèque nationale du Québec

La courte échelle bénéficie de l'aide du ministère du Patrimoine
canadien dans le cadre de son programme d'Aide au développement de
l'industrie de l'édition. La courte échelle est aussi inscrite au programme
de subvention globale du Conseil des Arts du Canada et bénéficie de
l'appui du gouvernement du Québec par l'intermédiaire de la SODEC.

Données de catalogage avant publication (Canada)

Sonia Sarfati

    Chevalier, naufragé et crème glacée

    (Premier Roman; PR83)

    ISBN: 2-89021-371-4

    I. Durand, Pierre. II. Titre. III. Collection.

PS8587.A376C44 1999   jC843'.54   C99-940511-X
PS9587.A376C44 1999
PZ23.S27Ch 1999

Sonia Sarfati

Passer de longues heures devant un ordinateur n'a jamais fait peur à Sonia Sarfati, car elle aime écrire. Auteure de plusieurs romans jeunesse parus à la courte échelle, elle est également journaliste aux pages culturelles de *La Presse,* où elle signe des articles qui touchent à tous les domaines des arts. Elle a aussi publié un traité humoristique sur les plantes sauvages, un domaine qu'elle connaît bien pour avoir fait des études en biologie, et, plus récemment, un conte pour le Musée du Québec.

En plus d'avoir reçu plusieurs prix de journalisme, elle a obtenu en 1990 le prix Alvine-Bélisle qui couronne le meilleur livre jeunesse de l'année. En 1995, elle remportait le prestigieux Prix littéraire du Gouverneur général, textes jeunesse, pour son roman pour les adolescents *Comme une peau de chagrin.* Certains de ses livres pour les jeunes ont été traduits en chinois, en néerlandais et en anglais.

Pierre Durand

Né à Montréal en 1955, Pierre Durand a fait des études en graphisme au cégep du Vieux-Montréal. Comme il aime bien rigoler, il adore faire de la caricature, de la bande dessinée et des dessins humoristiques. Dans ses temps libres, pour garder la forme, il pratique le *tae-bo. Chevalier, naufragé et crème glacée* est le cinquième roman qu'il illustre à la courte échelle.

De la même auteure, à la courte échelle

Collection Premier Roman

Série Raphaël:

Tricot, piano et jeu vidéo
Chalet, secret et gros billets
Crayons, chaussons et grands espions
Maison, prison et folle évasion

Collection Roman Jeunesse

Série Soazig:

La ville engloutie
Les voix truquées
La comédienne disparue
Le manuscrit envolé

Collection Roman+

Comme une peau de chagrin

Sonia Sarfati

Chevalier, naufragé et crème glacée

Illustrations
de Pierre Durand

la courte échelle

Pour Lucas et Léo,
jeunes chevaliers qui vivent
au bord de l'océan...
mais pas sur une île déserte.

Introduction

La tunique de cuir que porte Raphaël est déchirée en plusieurs endroits. Il a tenté sans succès de la réparer à l'aide d'épingles de sûreté.

Les boucles de cheveux que Raphaël a fixées à sa propre chevelure pendent lamentablement sur ses épaules.

Raphaël voulait se déguiser en naufragé. Il ressemble plutôt à un punk préhistorique. Cela, à cause de ce qui s'est passé hier.

1
À chacun son héros

— Ça vous plairait de devenir le héros d'un livre?

Quelle question! Bien sûr que ça plairait à Raphaël et à Myriam... En fait, ça plairait à tous les élèves de Suzanne.

Et c'est ce qui leur arrivera dans deux semaines, le 23 avril plus exactement. En cette Journée mondiale du livre, chacun présentera à la classe son personnage de roman préféré.

— Vous pouvez faire un exposé oral, explique Suzanne. Ou vous pouvez vous déguiser et raconter l'histoire de votre héros de manière théâtrale. Dans ce cas, les travaux en équipe sont permis. Des questions?

Damien s'empresse de lever la main. Les romans qu'il préfère, dit-il, sont ceux de la série «Cris et Tremblements».

— Est-ce que mon héros peut être un meurtrier ou un extraterrestre qui se nourrit de cerveaux humains? fait-il en roulant de gros yeux.

Les élèves pouffent de rire. Suzanne, elle, se mordille la lèvre d'un air songeur.

— Bien... Tu sais, Damien, un héros est une personne que l'on admire. As-tu beaucoup d'admiration pour les assassins? Penses-y. Nous reparlerons de ce projet lundi.

Ce qui laisse le week-end à ses

élèves pour choisir un roman et un personnage.

— Es-tu déjà décidé? demande Myriam à Raphaël, après l'école.

Moi, je serai Arthur et je parlerai des *Contes et légendes des chevaliers de la Table ronde*.

Cela n'étonne pas Raphaël. Il sait combien sa copine aime les aventures du roi légendaire et de Merlin l'enchanteur.

Une histoire pleine d'action et de gens, qui n'a rien à voir avec celle que Raphaël préfère. Celle qu'il aime, lui, est une histoire pleine de silence et de solitude. Elle s'intitule *Robinson Crusoé*.

C'est le héros de ce récit, écrit par Daniel De Foe, que Raphaël fera découvrir à la classe.

Myriam n'est pas surprise. Raphaël adore les aventures de ce célèbre naufragé du XVIIIe siècle.

Ils sont ainsi à discuter de leur exposé oral quand Damien arrive à leur hauteur.

— Salut, les bollés! Ça va? les interrompt-il en enlevant le casque d'écoute de son baladeur.

Sans attendre la réponse, il leur annonce que, finalement, il va abandonner les bibites extra-terrestres. À la place, il va parler du dictionnaire.

— Si je parviens à en finir la lecture d'ici deux semaines, ajoute-t-il en riant. D'après vous,

j'ai le temps? Je suis rendu à la lettre C.

— Dépêche-toi, annonce Myriam. Parce que le nom du personnage que tu vas préférer commence par la lettre Z...

— Ah oui! s'exclame Damien. Z comme Zorro!

— Je crois plutôt, le reprend Raphaël, que Myriam pensait à Z comme zéro.

2
L'erreur de Raphaël

En arrivant chez lui, Raphaël file au sous-sol, sa chienne Taxi sur les talons. Il plonge dans la malle qui s'y trouve et la fouille de fond en comble.

Une perruque aux cheveux emmêlés atterrit sur le canapé, suivie par une vieille tunique de cuir.

Raphaël se précipite sur le téléphone pour faire part de ses trouvailles à son amie. Myriam a eu moins de chance.

Son épée, dit-elle, a l'air d'appartenir à un soldat du futur. Quant à son armure, elle ressemble à la cuirasse d'un robot!

— Tu n'exagères pas un peu? se moque Raphaël.

Après avoir regardé sa montre, il propose à sa copine de passer la voir. Il a le temps de faire un aller-retour avant le souper.

Une fois sur place, Raphaël est obligé de se rendre à l'évidence.

Myriam tient à la main une épée de plastique vert. Une es-

pèce de coquille blanche lui sert d'armure. Bref, elle n'a rien d'un roi du Moyen Âge.

— Ça irait si Arthur avait servi sous les ordres de Darth Vador, pouffe Raphaël.

En fait, s'il savait, Raphaël rigolerait moins. Car il a fait une gaffe monumentale lorsqu'il a quitté la maison.

Il a enfermé Taxi au sous-sol.

La pauvre bête s'est donc occupée comme elle a pu. Pendant une heure, elle a mordu, elle a déchiré, elle a arraché.

La tunique n'a pas survécu. La perruque non plus.

— Oh non! Non... gémit Raphaël en voyant le désastre.

Écartelée sous la table, la perruque avait l'air d'un casque de bain parsemé d'épis de cheveux.

Une partie de la chevelure décorait la lampe. Quelques mèches dépassaient d'une chaussure et avaient l'air de faire «coucou!» à Raphaël. Et des dizaines de boucles gisaient sur le plancher, tel un tapis de virgules.

Quant à la tunique, elle ressemblait maintenant davantage à une passoire qu'à un vêtement.

— Oh non! Non... gémit Raphaël encore une fois.

Il gémira ainsi toute la nuit, en essayant de se convaincre qu'il fait un cauchemar.

Malheureusement, à son réveil, rien n'a changé.

— Oh non! Non... gémit-il pour la millième fois.

Prenant son courage à deux mains, Raphaël répare les déchirures importantes avec des épingles de sûreté. Et il fixe les boucles de la perruque à sa chevelure.

Le résultat est loin d'être un succès. C'est pour cela que, ce matin, il désespère devant son miroir.

— Trouve une idée! D'habitude, tu en as plein!

Mais Raphaël a l'impression d'avoir la cervelle aussi trouée que la tunique. Découragé, il s'arrache les cheveux (les faux!) au moment où la porte de sa chambre s'ouvre.

— Sal... commence Myriam.

Avant de s'interrompre brusquement, bouche bée.

— ... Oh non! Non... gémit-elle (pour la première fois) avant d'éclater de rire. Raph! Tu es déguisé en punk préhistorique!

Le pire, c'est qu'elle a raison. Et le rire étant aussi contagieux que la varicelle, Raphaël rigole à son tour.

— Je suis Fred Caillou déguisé en chanteur de *heavy metal*! lance-t-il en faisant mine de jouer de la guitare.

— En concert, les Hommes des cavernes! Le plus génial des groupes de roc! hurle Myriam, déchaînée. Tu la comprends, Raph? Un groupe de roc, roc sans k...

— Je ne suis pas idiot! Pas la peine de me faire un dessin... sur le mur! chante Raphaël.

Pendant un moment, les deux amis s'amusent comme des fous. Jusqu'à ce que, épuisés, ils s'effondrent sur le tapis.

— Un punk préhistorique... murmure Raphaël.

— Un roi du Moyen Âge perdu dans *La Guerre des étoiles*! ajoute Myriam. On dirait que nos héros se sont trompés d'époque.

— Reste à trouver une machine à voyager dans le temps pour expliquer nos déguisements, conclut Raphaël rêveusement. Imagine l'histoire que ça donnerait...

3
Perdus dans l'espace

Robinson Crusoé vivait depuis des mois sur son île. Seul. Il s'était fabriqué un abri avec les débris de son bateau. Grâce aux armes qu'il avait récupérées, il chassait et se protégeait.

Robinson avait capturé des chèvres, qu'il élevait pour leur lait, et il cultivait des légumes. Il n'avait, par contre, personne avec qui partager ses repas.

Un jour, un homme qu'il appellerait Vendredi partagerait son exil. Ce jour-là était toutefois encore loin.

— Si j'avais su, je n'aurais jamais pris la mer! Ah! si je pouvais revenir en arrière... disait souvent le naufragé.

Jusqu'à ce que le ciel l'entende. Par un après-midi lourd et nuageux, une vive lueur éclaira soudain l'île.

Un oiseau de métal apparut à quelques pas de Robinson. Effrayé, il attrapa son fusil. Et, le coeur battant, il attendit.

Bientôt, le bec de l'animal s'ouvrit. Un homme en sortit.

— Où suis-je? demanda l'étranger.

Robinson était partagé entre la peur et la joie. Il craignait l'inconnu. Mais il était heureux de voir enfin un autre homme. Un homme qui, en plus, parlait la même langue que lui!

L'étranger révéla au naufragé qu'il était l'Explorateur du Temps. Grâce à sa Machine, il pouvait se déplacer dans le passé et dans le futur.

D'ailleurs, il arrivait de l'an 802 701. Il avait rencontré les hommes de l'avenir, divisés en deux races ennemies. L'une peu-

plait la surface de la planète, l'autre vivait sous terre.

— D'où vient-il, cet Explorateur? fait Myriam, intriguée.

— C'est le héros de *La Machine à explorer le temps* de H. G. Wells. Un roman écrit il y a plus de cent ans.

— Tu sais ça? réplique son amie, vraiment étonnée.

— C'est... heu... c'est qu'il existe un jeu vidéo fait à partir de ce livre. J'y ai joué la semaine dernière, avoue Raphaël.

Myriam hoche la tête, l'air de dire: «Je comprends.» Mais elle a hâte de connaître la suite. Aussi n'ajoute-t-elle rien, afin que Raphaël reprenne son récit.

L'Explorateur tentait de rentrer

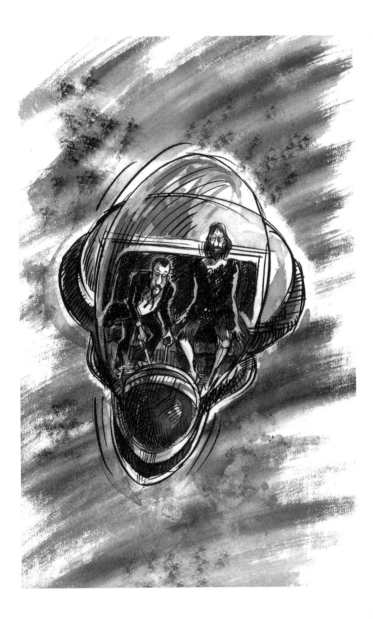

chez lui, en Angleterre, quand une turbulence l'avait détourné de son but. Il ne se trouvait ni à la bonne époque ni au bon endroit.

Robinson avait de la difficulté à croire l'étranger. Mais il espérait que ce soit vrai. L'inventeur accepterait peut-être de le ramener en Angleterre au jour de son départ. Il pourrait retrouver une vie normale.

— Pourquoi pas! fit l'Explorateur. Dites-moi en quelle année nous sommes et en quelle année vous voulez aller. Je vais faire des ajustements.

Peu après, l'inventeur empoigna le levier de mise en marche. À ses côtés, Robinson serra les dents... et ils perdirent connaissance. Une turbulence secouait la Machine avec violence.

Lorsqu'ils rouvrirent les yeux, rien n'avait changé autour d'eux. Déçu, Robinson poussa la porte de l'appareil et sauta au sol. Il s'éloigna d'un pas vif de l'oiseau de métal.

Tout à sa colère, il comprit trop tard l'avertissement que lui lançait l'Explorateur. Quand il se retourna, il faisait face à un tigre. Un tigre aux longues dents.

Un tigre comme il en existait à l'aube de l'humanité.

4
Les Chevaliers du futur

— *Attention! hurlait toujours l'inventeur. Attention!*

Robinson se mit à courir. Le tigre le rattrapa. L'homme et la bête roulèrent sur le sable. Écrasé par le poids de l'animal, le naufragé attendit la fin. Sa fin. Mais...

— *Allons, relevez-vous! entendit-il.*

Il se rendit compte alors qu'il pouvait respirer plus librement. Ouvrant les yeux, Robinson vit l'Explorateur, une arme étrange à la main. Près de lui gisait le corps inanimé du tigre.

— *J'ai rapporté ce petit souvenir d'un de mes voyages dans le futur, expliqua l'inventeur. J'ai ainsi pu endormir ce gros matou! Vous êtes blessé?*

Non, Robinson n'était pas blessé. Dans le combat, il avait par contre perdu des cheveux et sa tunique était en lambeaux.

Heureusement, l'Explorateur pouvait là encore l'aider. Il lui prêta des épingles de métal qui permirent au naufragé de réparer les déchirures importantes.

— Ouais! s'exclame Myriam. Le punk préhistorique! Et moi... enfin, Arthur, à quel moment est-ce que j'arrive?

— Au voyage suivant, répond Raphaël.

Une fois dans la Machine, l'Explorateur attrapa du papier et se mit à griffonner.

— Je crois avoir compris ce qui s'est passé, murmura-t-il au bout d'un certain temps. Attention, nous repartons!

Il saisit les leviers. De nouveau, Robinson s'évanouit.

Lorsqu'il revint à lui, il était seul. Par la porte ouverte, le naufragé put voir l'Explorateur dans la clairière où la Machine s'était posée.

— L'Angleterre? demanda Robinson, plein d'espoir, en rejoignant l'inventeur.

Ce dernier allait répondre quand un cavalier surgit d'entre les arbres. L'homme regardait par-dessus son épaule, inquiet. Une fine couronne d'or enserrait sa longue chevelure.

— Arthur! s'écrie Myriam, ravie. C'est lui, hein, Raph?

Raphaël approuve, songeur, absorbé par son histoire.

— Holà, bonnes gens! Aidez votre roi! Aidez Arthur!

Quelques secondes plus tard, les trois hommes se serraient dans la Machine. L'Explorateur manipula les commandes. L'oiseau de métal disparut sous le regard ébahi des cavaliers qui arrivaient.

Dans l'appareil aussi, Arthur n'en croyait pas ses yeux.

— Que... se passe-t-il? Qui êtes-vous? s'inquiéta-t-il dès que l'engin eut cessé de vibrer.

Ses compagnons tentèrent de lui expliquer la situation. Le roi hochait la tête en murmurant: «Que de magie...»

— Ce n'est pas de la magie. C'est de la science, le corrigea l'inventeur en ouvrant la porte de la Machine.

Les arbres avaient été remplacés par des murs hauts et lisses.

— Je pars en éclaireur! décida bravement Arthur.

— Eh! Tu ne vas pas faire mal à mon héros? crie Myriam.

— Qui sait? répond Raphaël sur un ton mystérieux.

Arthur descendit de l'appareil. Il se dirigea vers le mur le plus proche et y appuya sa main. Soudain, un panneau glissa. Sans hésiter, Arthur avança. Et il disparut.

Ses compagnons sautèrent au sol et coururent vers le mur. Ils tentèrent de trouver la porte pour la forcer. En vain.

— Il faudrait remonter le temps de quelques minutes, proposa l'Explorateur. Nous pourrions empêcher Arthur...

— Ah non! le coupa Robinson. Vous maîtrisez trop mal la Machine!

À cet instant, Arthur réapparut. Il portait une armure fabuleuse.

Une armure fabriquée par des hommes qui vivraient un jour.

— Amis, vite, en Angleterre! ordonna le roi. J'ai une quête à mener!

Peu après, la Machine filait dans le temps. Sauf que dans sa course, elle rencontra une nouvelle perturbation.

Lorsque les voyageurs sortirent de l'appareil, ils se trouvaient... devant les élèves de Suzanne.

5
À la recherche
de l'Explorateur

— Génial, Raph! s'exclame Myriam.

Elle sait bien qu'il serait plus simple de trouver de «vrais» costumes d'Arthur et de Robinson.

Sauf que l'histoire de son copain est tellement formidable! En plus, ils pourront la présenter à trois au lieu de se retrouver seuls devant la classe!

— On pourrait parler chacun notre tour, note Raphaël. Une fois notre récit terminé, on résumerait les romans qui ont servi à construire notre aventure.

— Pas bête, murmure Myriam. Mais il y a encore un problème. Si je suis Arthur et que tu es Robinson, qui sera l'Explorateur?

Là, Raphaël doit avouer qu'il est en panne d'inspiration.

Les deux copains décident donc de se séparer et d'y penser, chacun de son côté. Au fond, ils ont jusqu'à lundi pour donner leur sujet à Suzanne.

— Laure, peut-être... se dit Myriam en rentrant chez elle. Ou Simon... À moins que Marc-Ant...

Elle s'immobilise brusquement, comme si un mauvais sort venait de la transformer en statue.

Damien! Damien est assis à quelques pas de Myriam, dans l'escalier qui mène chez lui. Il pianote sur son jeu vidéo portatif, tout en écoutant de la musique sur son baladeur.

Myriam s'approche doucement et accroche un sourire à son visage avant de parler.

— Tu ne devrais pas être en train de lire le dictionnaire, toi? demande-t-elle assez fort pour que Damien puisse l'entendre.

Ce dernier sursaute. Il était perdu dans un monde peuplé de créatures électroniques et où le vent souffle en musique.

Bref, le retour sur terre auquel l'a obligé Myriam le prend au dépourvu.

— Le dic... dictionnaire? bafouille-t-il sans trop comprendre, en repoussant son casque d'écoute.

Soudain, un éclair malicieux traverse son regard.

— Oh, le dictionnaire! s'esclaffe-t-il. Pfft! Si tu as cru que je le lisais, tu es... tu es bien une fille!

Et il baisse les yeux sur son jeu. Mais il ne remet pas les écouteurs sur ses oreilles. Il sent que l'amie de Raphaël a quelque chose à lui dire...

— Tu sauras que je n'ai rien contre ça, chose! Être une fille, ça me va parfaitement! s'énerve Myriam.

Se rappelant pourquoi elle se trouve là, elle reprend avec calme:

— Raphaël et moi, nous avons eu une idée qui pourrait te plaire, déclare-t-elle.

Rapidement, elle résume le projet de présentation à Damien. Qui, peu à peu, se désintéresse de son jeu pour mieux suivre le récit de Myriam.

Encouragée, celle-ci se laisse emporter par l'histoire. Elle la raconte en faisant des gestes de plus en plus grands et en haussant le ton.

— Alors, qu'en penses-tu? conclut-elle enfin, essoufflée.

— J'en pense que ça ne marche pas. Je ne l'ai jamais lu, ce livre de machine à voyager dans

le temps! répond Damien en retournant à sa partie.

— Tu as deux semaines pour le faire! insiste Myriam.

Le garçon relève brièvement la tête. Et il se remet à jouer. Déçue, Myriam s'éloigne.

— Je vais y penser! lance alors Damien dans son dos.

Un sourire aux lèvres, Myriam poursuit son chemin. Tout espoir n'est pas perdu.

6
Damien fait les magasins

Dès que Myriam a disparu au coin de la rue, Damien se lève précipitamment.

Il rentre chez lui et ressort bientôt. Il a les mains vides, mais ses éternels écouteurs sur les oreilles. D'un pas alerte, il se rend ensuite au club vidéo pour y louer un jeu électronique. Ou deux, peut-être.

La lecture (du dictionnaire ou de tout autre livre) ne fait pas partie des plans de Damien!

C'est ce que se dit Raphaël quand il entre à son tour au club vidéo. Il aperçoit Damien qui, assis dans un fauteuil, étudie des boîtiers et ne parvient pas à se décider.

— Tu ne devrais pas être en train de lire le dictionnaire? plaisante Raphaël.

Damien lève les yeux et, voyant son ami debout devant lui, ôte son casque d'écoute.

— Qu'est-ce que tu disais?

— Je te parlais du diction-naire, reprend Raphaël.

— Toi aussi! C'est une idée fixe que vous avez, Myriam et toi! Maintenant, je parie que tu vas m'expliquer ton idée de pré-sentation orale...

Faisant mine d'être assommé par les paroles et le ton virulent de Damien, Raphaël s'assoit.

— ... et que tu vas me deman-der d'être dans ton équipe pour raconter ton histoire mêlée: «Les naufragés de la Table ronde», poursuit Damien.

Raphaël l'observe, sans trop comprendre ce que l'autre lui raconte. Et soudain, ça fait «tilt!» dans sa tête.

— Génial! s'exclame-t-il. Myriam t'a donc proposé de te joindre à nous? Tu pourrais être l'Explorateur! Tu as accepté?

Damien hausse les épaules. Il répète à Raphaël ce qu'il a dit à Myriam: il n'a pas lu *La Machine à explorer le temps*... Mais il va étudier leur proposition.

— Pour commencer, tu pourrais louer le jeu qui a été fait à partir de ce livre, suggère Raphaël.

Les sourcils froncés, Damien regarde son ami en prenant un air offensé.

— Ce n'est pas très honnête, ça! déclare-t-il sur un ton grave. Suzanne a dit de choisir un roman qu'on aime, pas un jeu vidéo.

Raphaël rougit jusqu'à la racine des cheveux. Il assure qu'il ne proposait pas le jeu à Damien en vue de tricher. Il voulait simplement l'aider à se décider.

Voyant la mine réjouie de son copain, il comprend que Damien plaisantait.

— Je suis sûr que cette histoire va te plaire, ajoute alors Raphaël. Il y a un monstre terrible dans ce roman. En fait, il y a plein de monstres.

— Et il est gros?

— Qui? Le monstre?

— Non! Le livre! fait Damien en s'étouffant de rire.

Raphaël pouffe à son tour.

— Je n'en sais rien, admet-il. Je suis par contre sûr d'une chose: il est moins gros que le dictionnaire.

Lorsque Damien rentre chez lui, vers la fin de l'après-midi, il tient un paquet. Un petit paquet, qui pourrait contenir un jeu vidéo. Ou un livre de poche.

7
Des cadeaux
pour un héros

— Et alors, as-tu pris une décision?

En ce lundi matin, Myriam guette l'arrivée de Damien depuis quinze minutes. Elle s'est empêchée de courir à sa rencontre quand elle a aperçu sa silhouette.

— J'y pense encore! lui répond Damien en poursuivant sa route, son casque d'écoute sur les oreilles.

Mais Myriam n'a pas l'intention de baisser les bras. Elle attrape Damien par sa veste et le force à se tourner vers elle.

— Là, tu vas m'écouter! s'exclame-t-elle, irritée.

— Eh! on se calme! fait Damien en éteignant son baladeur.

Gênée d'avoir été si brusque, Myriam s'excuse. Ensuite, elle sort un livre de son sac à dos et le tend à Damien.

— C'est une version résumée de *La Machine à explorer le temps*. Tu pourrais peut-être la lire...

Damien feuillette le volume. Il s'apprête à le glisser dans son sac quand Raphaël surgit.

— Puis, as-tu pris une décision?

La question s'adresse naturellement à Damien, pas à Myriam. Et Damien, en l'entendant, éclate de rire.

— Je l'ai dit à Myriam: j'y pense! répète-t-il.

Raphaël soupire et, à son tour, tend un objet à Damien.

— J'ai loué le film *La Machine à explorer le temps*, dit-il. Tu pourrais le regarder...

Se souvenant de la remarque que Damien lui a faite samedi, il s'empresse d'ajouter:

— Mais si tu te joins à nous, tu devras lire le roman!

— Certain! approuve Damien, moqueur. Je réfléchis et on s'en reparle. En attendant, merci pour les cadeaux! C'est un plaisir de... presque travailler avec vous!

Déçus, Myriam et Raphaël n'ont pas le temps de répliquer. La cloche retentit sans qu'ils puissent discuter entre eux de l'exposé oral.

D'ailleurs, même Suzanne semble avoir la tête à autre chose.

Ce matin, elle ne parle qu'écologie et maths. Deux minutes à peine avant la récréation, elle évoque finalement la Journée mondiale du livre.

— Tout à l'heure, vous viendrez à tour de rôle me dire quel héros vous avez choisi. J'espère que vous êtes prêts, car j'ai une bonne nouvelle pour vous, poursuit-elle.

Elle s'interrompt, un sourire mystérieux aux lèvres.

— La directrice est emballée par notre projet. Elle a donc décidé que vos présentations se feront devant l'école au grand complet. Et les parents seront invités! annonce Suzanne.

Elle a l'air ravie.

C'est loin d'être le cas de Damien. À l'instant où la cloche se

fait entendre, il se précipite sur Raphaël et Myriam.

— J'embarque avec vous! Je serai votre héros! lance-t-il d'une voix étrangement enrouée.

S'il aime tenir la vedette en classe, Damien déteste l'idée de parler devant un public. Comme s'il ne perdait sa timidité qu'auprès des gens à qui il a joué des tours!

— Ah bon! fait Myriam en lançant un clin d'oeil à Raphaël. Nous allons alors devoir y penser, car Pierre-Luc et Sandra sont intéressés à faire partie de notre équipe.

— Et eux, ils ont déjà lu le livre, affirme Raphaël, en poursuivant la plaisanterie.

— Mais... moi aussi, je l'ai lu! annonce Damien. Enfin, manière de parler... Regardez ce que j'ai acheté, samedi, et que je viens de finir d'écouter.

Il retire de son baladeur une cassette intitulée *La Machine à explorer le temps*.

— Et vous aviez raison, les bollés! conclut-il. Cette histoire est vraiment géniale. Vous devriez la lire!

Conclusion

Les comédiens l'appellent le trac. Peut-être parce qu'il dé-trac... oups! détraque tout.

Il détraque les poumons, qui ne savent plus respirer. Il dé-traque l'estomac, qui joue au trampoline avec les intestins. Il détraque le coeur, qui oublie son rôle de chef d'orchestre.

À cause de cela, Raphaël, My-riam et Damien sont d'un beau vert. Dommage qu'ils n'aient pas choisi de raconter une histoire de Martiens!

Il faut dire que ce sont eux qui font le premier exposé.

Voyant leur état, Suzanne les prend à part. Elle leur explique que des gens importants sont, comme eux, embarrassés lorsqu'ils s'adressent à une foule.

— Pour faire disparaître leur trac, ils imaginent que leurs auditeurs viennent de finir de manger.

Ainsi, ils se convainquent que l'homme en costume a une moustache de lait. Que la femme avec un grand chapeau a de la moutarde au coin de la bouche. Qu'il y a du ketchup sur la cravate du grand barbu...

— Est-ce que ça peut vous aider?

Pas vraiment, se disent-ils en allant se placer derrière le rideau de scène. Qui, bientôt, se lève. Et qui voient-ils, dans la première rangée? Suzanne. Leur Suzanne.

De la crème glacée sur le nez!

Résultat: quand ils commencent leur présentation, Raphaël, Myriam et Damien ne sont plus verts de trac. Ils sont par contre rouges... de tout le rire qu'ils retiennent!

Table des matières

Achevé d'imprimer
sur les presses de Litho Acme inc.